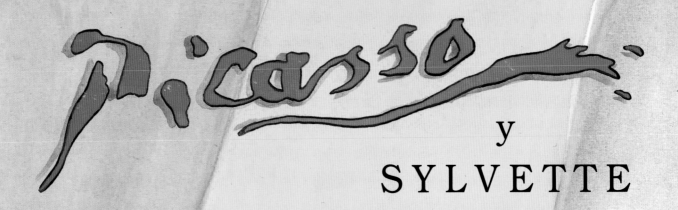

Picasso

y

SYLVETTE

Un cuento sobre

Pablo Picasso

LAURENCE
ANHOLT

ediciones
SerreS

ERA EL PRIMER DÍA DE VERANO. Sylvette y sus amigos tomaban el sol sentados en la terraza. Sylvette era tan tímida que siempre se sentaba un poco separada de los demás, aunque escuchaba a todo el mundo.

—¿Ya lo sabéis? ¡Picasso se hospeda justo aquí, en Vallauris!

—¡Es increíble! El artista más famoso del mundo. ¡Cada uno de sus cuadros vale una fortuna!

—He oído decir que tiene un enorme coche blanco, que le trajeron de América a cambio de un cuadro suyo.

Sylvette estaba muy interesada. Secretamente soñaba en convertirse en una artista. En una maleta bajo su cama guardaba un cuaderno con dibujos. Todos sus secretos estaban encerrados dentro de esa maleta, cosas que nadie había visto jamás.

De repente, Sylvette se percató de algo absolutamente asombroso. Justo frente a sus ojos, por encima del muro de la terraza, apareció un precioso cuadro.

—¡Mirad! –gritaron sus amigos–. Es Sylvette. Sólo ella tiene una cola de caballo como esa.

Sylvette ocultó la cara entre sus
manos. Entonces se oyó una
carcajada que procedía de detrás
del muro.

Todos corrieron a mirar, y
vieron a un hombre que sostenía la
pintura por encima de su cabeza.
Era más bien bajito, aunque muy
musculoso, y llevaba una camiseta
listada, pantalones cortos y un par
de pantuflas. ¡Era Picasso!

—Os veía a todos desde mi
estudio –rio–. Desde allí he hecho
un esbozo. Vamos, ¿por qué no
venís a visitarme?

Sylvette fue la última en cruzar la puerta, con el corazón latiéndole a mil por hora. La casa parecía un tesoro, como si el artista nunca hubiera tirado nada. Cada rincón estaba lleno de montones de cosas y objetos diversos: latas de pintura, trozos de madera, extrañas esculturas, tarros rotos, juguetes, un sombrero de cowboy, flores, platos pintados, un bumerán, espinas de pescado, una máscara de payaso, una jaula de pájaros, guitarras, una espada de torero... Y más que cualquier otra cosa, Sylvette vio cientos y cientos de cuadros, cada uno de ellos firmado con una simple palabra: *Picasso*

Picasso aún se estaba riendo. Tenía 73 años, pero se comportaba
como un muchacho.

—Vamos a ver –voceó–, haré un dibujo de uno de vosotros.
¿Quién será?

Una amiga de Sylvette se apresuró a dar un paso adelante.
Era muy bonita.

—Puede dibujarme a mí, señor Picasso –dijo–. Posaré para usted.

Picasso le echó una intensa mirada.

—No –dijo–. Ya has visto mi cuadro antes. He elegido a la chica
de la cola de caballo.

Sylvette se sintió mareada. Quería salir corriendo por la puerta,
pero Picasso se lo impidió amablemente.

—Está bien –dijo dulcemente–, puedes confiar en mí.
Ven y siéntate.

—Sylvette es muy tímida –se mofaron sus amigos–, y también
muy soñadora.

—Magnífico –sonrió el artista–.
Ahora nos dejaréis solos. Volved en otro
momento –les dijo a los amigos de
Sylvette–. Vuestra amiga y yo tenemos
mucho trabajo.

Picasso miró a Sylvette atentamente.
La muchacha estaba temblando.

—Bien, ponte ese abrigo –dijo Picasso.

Y entonces empezó
a dibujar.

El primer dibujo fue
lento y detallado, un
delicado estudio a lápiz.

El segundo fue más grande,
Sylvette siempre inmóvil y
nerviosa como un ciervo salvaje.

Después, Picasso empezó a trabajar más y más deprisa.

Los dibujos eran más grandes y más extraños.

Picasso se lo estaba pasando bien.

Al final del día, Sylvette corrió a casa y sacó su cuaderno, pero su cabeza estaba demasiado revuelta para que le saliera bien ningún dibujo.

Al día siguiente, Sylvette, hecha un atajo de nervios, volvió al estudio. Pensó que quizá Picasso la habría olvidado. Pero él abrió la puerta y le sonrió como un colegial.

Poco a poco, los lienzos se volvieron cada vez más atrevidos y extraordinarios. Poco a poco, Sylvette perdió su timidez.

Picasso parecía cambiar a cada momento, justo como sus pinturas. Estaba tan imponente como un rey, pintaba como un mago, y a pesar de todo le gustaba disfrazarse y jugar. Algunas veces se ponía sombreros o máscaras para hacer reír a Sylvette. Le hablaba sobre los animales que había tenido: perros, una cabra que había dejado dormir en su casa y un mono saltarín. Una vez, incluso, dio cobijo a una lechuza. Y, por supuesto, Picasso los pintó a todos.

Durante todo el verano Picasso hizo cuadros sobre Sylvette, además de esculturas en cartón y metal. Como el trabajo cada vez era más grandioso y audaz, ella también era cada vez más valiente. El padre de Sylvette se había marchado de casa siendo ella muy pequeña, pero ese verano Picasso fue como un padre.

La tímida Sylvette estaba con el pintor más famoso del mundo. Era como un cuento de hadas.

Un día Sylvette se armó de todo su coraje y le mostró a Picasso su cuaderno secreto. Le habló de su sueño de convertirse en artista. Picasso no se rio ni se burló de ella.

—¡Es muy bueno! –dijo en voz alta–. Pero tienes que ser más atrevida y aprender a soltarte. ¡Fíjate en mí!

—Cuando estoy enfadado, hago cuadros enfadados.

—Cuando estoy triste, mi pintura también es triste.

—Y cuando estoy contento, mi pintura está llena de alegría. Cada uno de mis sueños está en mi trabajo. Por eso no puedes tener secretos con la pintura.

Una tarde, un fotógrafo llegó al estudio. Sylvette odiaba que le hicieran fotos y se escondió bajo la mesa. Entonces vio a Picasso que hacía muecas a la cámara, y de repente ya no se sintió tan mal. Al final salió silenciosamente, y el hombre tomó docenas de retratos de Picasso y Sylvette junto a los cuadros.

Sus amigos no podían creer lo que veían.
¡La tímida Sylvette en la portada de una revista
famosa! Poco tiempo después, todas las revistas
deseaban un retrato de la nueva modelo de
Picasso. En Londres y París las chicas imitaban
su peinado: todas querían una cola de caballo a
lo Sylvette.

Sylvette recortaba las fotografías y las
guardaba bajo llave en su maleta.

Algunas veces, Picasso trabajaba hasta muy tarde.
Cierto día, Sylvette lo encontró en medio de una
montaña de basura, buscando objetos interesantes...
El artista más rico del mundo hacía esculturas con
trastos viejos.

Sylvette ya había visto algunas de sus obras en las
revistas: una cabeza de toro, realizada con un sillín
de bicicleta y un manillar, o un mandril, con la cara
hecha con dos coches de juguete.

A Sylvette le gustaba observar cómo trabajaba
Picasso. Cuadros, esculturas, cerámicas salían
a raudales de sus manos como un volcán.

Al final, Picasso empezó una enorme escultura de Sylvette, utilizando trozos viejos de cerámica para hacer los brazos y las piernas. Hizo un largo cuello y un torso redondo como los de la muchacha, pero la cabeza era bastante rara, así que Sylvette pensó que no se parecía a ella en nada.

Aunque ya lo esperaba, Sylvette tuvo la triste sensación de que esa sería la última vez que Picasso la utilizaría de modelo. Desde aquel primer día en la terraza, siempre había estado trabajando con el artista. Pronto todo se desvanecería como el verano.

Mientras Picasso trabajaba, Sylvette empezó a hablarle de sus secretos. Le contó lo de su padre, que se había ido para siempre; Sylvette conservaba un retrato de él en su maleta, pero no le había dicho nunca a nadie cuán herida y sola se había sentido.

Picasso levantó la mirada hacia ella con sus ardientes ojos negros:

—Es muy duro cuando la gente se separa –dijo–. Pero intenta recordar que con cada puerta que se cierra, una nueva puerta se abre. Empezó a anochecer. Mientras miraban la escultura, Sylvette le contó a Picasso un secreto que había guardado bajo llave e intentado olvidar. Le habló del hombre que había ido a vivir con su madre, un granuja que la había tratado muy mal, y de cómo ella quiso huir de su casa.

Picasso la miró cariñosamente. De pronto, se puso de pie de un salto:

—Me has dado una idea –dijo–. Sabía que le faltaba algo a la escultura… ¡Sylvette debe de tener algo en su mano!

Picasso empezó a buscar entre el desorden de objetos que se amontonaban encima de la mesa. Tiró un cajón al suelo. Al final encontró lo que buscaba:

—En su mano –anunció Picasso–, Sylvette tiene…, ¡una llave!

Picasso puso la llave de hierro en la mano de la escultura. Sylvette estaba perpleja.

—Tiene una llave porque tiene muchos secretos encerrados.

Picasso fijó la llave en su sitio con un poco de yeso.

—Pero ella también tiene una llave…, escucha, Sylvette…, ¡para abrir nuevas puertas!

Entonces Picasso tendió su mano, blanca por el yeso, y dulcemente acarició el rostro de Sylvette.

—¡Mira! Está terminada: «La muchacha con una llave». Ahora, Sylvette, me gustaría darte un regalo. Puedes escoger cualquier cuadro que te guste. Quizá te ayudará a abrir algunas puertas.

Cuando Sylvette salió por última vez del estudio de Picasso, llevaba consigo el primer cuadro de la serie que él le había pintado. Lo llevaba con mucho cuidado porque la pintura de la firma aún no estaba seca: *Para Sylvette, de Picasso*. Un bello retrato de «La muchacha con cola de caballo».

Después del verano, Sylvette empezó a pintar tan
audazmente como le había enseñado Picasso.
Poco a poco se convirtió en una conocida artista.
Vendió el cuadro que Picasso le había regalado y
tuvo suficiente dinero para comprarse un precioso
apartamento, un ático, y en una habitación con
mucha luz y con magníficas vistas de París, instaló
su estudio.
Sylvette subía las escaleras, giraba la llave...,
y abría la puerta...

Pablo Picasso nació en Málaga (España) en 1881. Era hijo de un profesor de arte. Antes de aprender a hablar ya dibujaba, y con 12 años ya había empezado a pintar óleos con increíble destreza. A lo largo de su dilatada vida, su producción en todos los géneros sólo fue igualada por la extraordinaria variedad de sus estilos. Desde delicados aguafuertes hasta imponentes y estremecedoras pinturas como el *Guernica*, el trabajo de Picasso fue pionero y extraordinariamente sincero.

Picasso compró una casa en Vallauris, una ciudad provenzal de la Costa Azul francesa. En esta bonita ciudad, en 1954, conoció por casualidad a una bella y tímida joven: Sylvette David. En uno de sus habituales estallidos frenéticos de energía creativa, Picasso produjo más de cuarenta obras de «La muchacha con cola de caballo», que se convirtió en una imagen universal.

Todo ocurrió en una época turbulenta para Picasso: era 1954, estaba recién separado de Françoise Gilot, había conocido a su última mujer, Jacqueline Roque, en una alfarería de Vallauris. Durante un verano, Sylvette fue la musa platónica de Picasso. Siempre la trató con consideración y respeto.

Al año siguiente, en París, Picasso hizo una gran exposición de los dibujos de la serie «Sylvette». Los visitantes se quedaban asombrados al ver cómo el trabajo abarcaba desde el primer y delicado dibujo hasta la escultura de la muchacha con una llave. Pero no acabó todo aquí. Unos cuantos años más tarde, y siguiendo unos diseños de Picasso, se erigieron dos inmensas esculturas de hormigón de Sylvette, una en Holanda y otra en Nueva York.

Picasso realizó más de 30.000 originales. Murió en 1973, a la edad de 92 años, era considerado uno de los artistas más famosos del mundo.

Sylvette David, en la actualidad Lydia Corbett, vive y trabaja en el oeste de Inglaterra. Sus bellos cuadros y esculturas de madera se pueden ver en la Francis Kyle Gallery de Londres.